pleine verdure du ~~C̶o̶n̶n̶e̶c̶t̶i̶c̶u̶t̶~~ nord
continue l'histoire de Legba et la Belle au Bois D[ormant]

Terre Inconnue
   un lieu sans saisons et sans histoire
   temps s'annule dans un présent perpétuel
   [rem]arquable aridité rendre la terre une abstrac[tion]
   photographique
   la distinction entre la plage et le désert n[e fait]
   qu'une nuance entre sable et sel.

[B]elle au Bois Dormant est à son royaume

[ell]e occupe un monde parallèle mais tout à fait
[c'es]t le monde de la pensée, un vaste terrain des [idées]
   philosophiques et scientifiques
[q]u'il manipule pour produire sa magie.
   Legba est le maître tout puissant.

   le jour arrive ou il s'ennuie
[c]onnait trop bien son monde

   la quette de quelque chose nouvelle, merveil[leuse]
   Legba prend voyage
[comm]e les anciens Conquistadors qui ont cherché l[es]
   villes dorées et les fontaines de la jeunesse
[il c]herche le Zabriski Point
[l]ieu fatal
[t]ous les lignes de fuite se [rejoignent]
[i]l espère trouver la clé po[ur ...]

   toute la force de sa pensée magique,
   arrive à la Terre Inconnue

CARTAS A LEGBA

My Sleeping Beauty

Bien sûr j'aurais préféré
que cela s'écrie reste entre
nous, mais elle est si belle,
et ton texte est si fort et
si subtil que j'accepte
de passer silencieusement
entre le Bien et le Mal.

Legba.

CARTAS A LEGBA

um texto encontrado

Organização e prefácio
Susan Willis

Posfácio
Maria Elisa Cevasco

Copyright © Susan Willis, 2008
Copyright © Boitempo Editorial, 2008

Coordenação editorial
Ivana Jinkings

Editores
Ana Paula Castellani
João Alexandre Peschanski

Assistente editorial
Vivian Miwa Matsushita

Tradução
Maria Elisa Cevasco (prefácio)
Maria Leonor F. R. Loureiro (cartas)

Preparação
Sandra Brazil

Revisão
José Muniz Jr.

Capa e editoração eletrônica
Silvana Panzoldo

Produção
Marcel Iha

CIP-BRASIL. CATALOGAÇÃO NA FONTE
SINDICATO NACIONAL DOS EDITORES DE LIVROS, RJ

C314

    Cartas a Legba : um texto encontrado / [organização e] prefácio de Susan
Willis ; [tradução do prefácio Maria Elisa Cevasco, tradução das cartas Maria
Leonor F. R. Loureiro ; posfácio de Maria Elisa Cevasco]. - São Paulo :
Boitempo, 2008.
    il. ;

    Tradução de: Letters to Legba
    ISBN 978-85-7559-113-0

    1. Cartas de amor. 2. Carta americana. I. Willis, Susan, 1946-. II.
Cevasco, Maria Elisa. III. Loureiro, Maria Leonor F. R.

08-0498.
            CDD: 816
            CDU: 821.111(73)-6

Todos os direitos reservados. Nenhuma parte deste livro pode ser utilizada
ou reproduzida sem a expressa autorização da editora.

1ª edição: março de 2008

BOITEMPO EDITORIAL
Jinkings Editores Associados Ltda.
Rua Euclides de Andrade, 27 Perdizes
05030-030 São Paulo SP
Tel./fax: (11) 3875-7250 / 3872-6869
editor@boitempoeditorial.com.br
www.boitempoeditorial.com.br

Sumário

9
PREFÁCIO
Susan Willis

21
AS CARTAS

97
POSFÁCIO
Da sedução, Maria Elisa Cevasco

Prefácio

Susan Willis

A origem destas cartas está envolta em mistério. Basta dizer que uma pessoa amiga entregou-as a mim. É possível que soubesse de minhas tendências anacrônicas: não uso correio eletrônico; portanto, era fatal que essas cartas, escritas à mão e estruturadas como poemas, me fascinariam.

De fato, adoro cartas – que chamo de correio real –, pois elas transformam a correspondência em algo concreto. A página dobrada em um envelope e enviada para longe – para ser aberta, manuseada, lida, talvez guardada para sempre –, a carta estabelece uma ligação física entre duas pessoas. Inscrita de imediato em um sistema real de troca que diminui a distância a separar quem escreve de quem lê, uma carta é também um veículo de troca simbólica, que, em um passe de mágica, faz desaparecer o tempo que separa a escrita e a leitura, o envio e o recebimento. Enquanto a carta eletrônica dilui a dor da separação, deslocando tempo e distância para o espaço virtual, a carta física enlaça a dor e a alegria, justamente porque ela é o talismã contraditório de uma separação e da sua negação.

Uma carta apresenta-se como prova tangível, incontroversa, dos sentimentos e dos pensamentos de quem a escreve. Mas é também testemunho de enorme reserva de idéias e de desejos, que vão morrer com quem escreve, sem deixar nenhum traço. A brevidade de uma carta funciona como um criptograma de tudo o que é pensado, mas jamais escrito. Assim, a materialidade da carta fala de silêncios e ausências. Penso, por exemplo, no pacote de cartas que encontrei, escritas por minha mãe ao homem que viria a ser seu marido. Suas palavras eram esparsas e eficientes, excluindo qualquer tipo de sentimento. E, no entanto, meu pai as guardou e mais tarde as devolveu a minha mãe, como testemunhos de um amor que permanece não dito.

Não se trata de afirmar que as cartas necessariamente dizem verdades. Muitas veiculam significados parciais, ou mesmo distorcidos, evidenciando todas as emoções contraditórias e mal resolvidas que afloraram em nossas melhores tentativas de expressão. Ao escrever, encontramos modos de desviar do que é difícil de se evitar, ou de se dizer. A solução mais rasteira para uma verdade de mau jeito é uma mentira deslavada. Aposto que algumas cartas utilizam o caráter de evidência da escrita para cobrir com uma pátina de verdade a falsidade. Mas a maioria das cartas escritas sob o peso de uma bagagem de emoções trata de lidar com a verdade de forma muito mais complicada, na qual a escrita torna-se uma forma de apagamento. O que é escrito pode não mentir, mas oculta a verdade. Como nos sonhos, nossas cartas podem fazer referência oblíqua a verdades que deveriam permanecer não ditas.

As cartas podem também ser mal entendidas, uma prova da bagagem emocional que o receptor adiciona à carta. Na verdade, ler uma carta é muito mais complicado do que escrevê-la. Cada palavra nos leva a evocar um silêncio. As frases convidam a negociar apagamentos. Ao ler, construímos significados consistentes com nossas próprias esperanças e medos, em especial com aqueles que mal percebemos. Uma carta jamais é o que parece e sempre é mais do que é.

Como anacronismo, a carta escrita à mão é, certamente, uma forma do século XIX. Representa um momento em que se juntam uma infraestrutura federalizada, o transporte industrial e o aumento do número de pessoas alfabetizadas. Assim como a fotografia, que floresceu também nesse mesmo século, a carta capta e emoldura um momento no tempo. E, ainda como a fotografia, é tangível e efêmera, sujeita ao vaguear do tempo além da sua moldura. As cartas de minha mãe já eram anacronismo quando ela as escreveu, superadas pelo telefone, o equivalente, no século XX, de nosso correio eletrônico.

Toda carta é um risco, tanto em termos factuais quanto de seu significado. Será que a carta que escrevi será enviada (ou ficará guardada na minha gaveta)? Chegará a seu destino (ou ficará perdida, ou será interceptada no acaso do trânsito)? Será aberta (ou será jogada no lixo por um receptor enraivecido ou mesmo indiferente)? Minha carta será guardada? E se for, será como um tesouro ou meramente arquivada? E, aí, o jogo fatal: minha carta será encontrada? E se for, por quem? Quais serão, então, as conseqüências? Tenho certeza de que não sou a única esposa que, procurando selos na escrivaninha do marido, acabou encontrando uma carta de amor. Como foi divertido encontrá-la, que deliciosa a enorme curiosidade de ler, como me senti superior ao ver as linhas patéticas, cheias de carinho. Certamente eu poderia redigir algo mil vezes melhor, embora escrever cartas de amor para o marido seja algo que as esposas nunca fazem. Um amor feito de certezas não se confessa.

Ainda que seja um objeto, a carta guarda a característica especial de não ser uma mercadoria, a menos que tenha o azar de ter sido escrita por uma pessoa famosa e, depois, vendida em leilão. As cartas apresentam a matéria-prima do pensamento trabalhada em uma forma física, e enviada a outra pessoa, em um processo no qual a produção e a troca não geram lucro. O capitalismo não é a economia das cartas. Falta-lhe o ofuscamento da mediação e da abstração, sua economia é muito mais brutal e direta. Trata-se de uma forma econômica semelhante à dos jogos de azar, que nos pede que arrisquemos uma parte de nós mesmos cada vez que escrevemos. Apostamos nosso futuro no resultado de nossas palavras. Uma carta pode não gerar lucros, mas seu custo pode ser muito alto.

Quando recebemos uma carta, fazemos o jogo de sua economia. Ler uma carta é confiscar significados. Só os leitores simplistas aceitam as palavras pelo seu valor nominal. Assim, negociamos o custo da escrita da carta pelo preço da nossa interpretação.

Uma carta pode parecer um presente, mas não é dada nem recebida de graça. Como os bens que circulavam nas comunidades primitivas, a carta na forma de presente exige retribuição. As cartas neste volume colocam-se como um presente feito de sentimentos. Mas não se trata do testemunho de um amor cego. Longe disso, elas são carregadas de desejo e, assim, exigem resposta. Colocam o receptor na economia do desafio. Elas o adulam, e depois o provocam, agradam, e depois o censuram, elogiam, e depois zombam dele. Trata-se de presentes perigosos.

Se essas cartas escapam do fetiche da mercadoria, nem sempre escapam do fetiche da carência. A missivista refere-se a suas cartas como talismãs, a serem utilizados como fetiches da sedução. Com isso, ela evoca uma forma anacrônica de fetiche, forma mais antiga e poderosa do que a inventada pelo capitalismo. Trata-se do fetiche da aura, o termo que Walter Benjamin utiliza para designar a presença mágica que emana da grande arte e dos objetos sagrados; ele que celebra a destruição da aura com o advento da possibilidade da reprodução mecânica. A autora destas cartas, por sua vez, recria a aura para cingir seu amante.

Então, será que suas cartas são puramente um fetiche, não muito diferente de gatos pretos, olhos de rás, pó de sepultura e outros elementos usados em magias e encantamentos? Ou será que as cartas são parte do simbólico, mais ardil do que realidade? Antítese da aura, o simbólico é a negação da presença. Enquanto o fetiche exige, o simbólico desvia. Enquanto o fetiche cinge com o peso morto da carência, o simbólico seduz com o desejo desatado. Enquanto o fetiche é sério, o simbólico pode oferecer um antídoto cheio de graça. É a promessa da antimatéria em um mundo governado pela gravidade.

Suspeito que estas cartas estão entre as duas possibilidades, atraídas para o pólo do objeto fetiche quando a carência força o desejo, e aliadas ao pólo do simbólico, quando predominam risco e riso. Se as cartas representam um desafio para o receptor, apresentam um risco muito maior para a missivista. Se o frágil equilíbrio pender para o anseio fetichista, a escritora se tornará piegas. Uma guinada mais pronunciada na direção do fetichismo, e ela se tornará uma bruxa carente. Por outro lado, uma adesão desmedida ao simbólico traz o risco de dissipar o efeito de sedução da mensagem. Será que a escritora percebe com clareza essas ciladas, ou apenas as adivinha, avançando como Ariadne sobre a teia frágil que cobre os abismos da sorte?

Como deseja enviar a seu amante pensamentos preciosos, a escritora lapida suas palavras como se fossem gemas. Para ela, escrever é alquimia, processo mágico que transforma pensamentos em substâncias. Assim, em uma das cartas, ela se imagina uma serpente com língua de rubi que sussurra ao ouvido de seu amante. Ao fazer isso, ela reverte a iconografia do masculino/feminino, apropria-se do papel fálico do predador e posiciona seu amante como o receptor passivo de suas missivas carregadas de erotismo. Unindo tradições bifurcadas, ela junta a arte concreta da poesia à feitiçaria. Em cada uma das cartas, ela oferece uma jóia multifacetada, um poema objeto cuja arquitetura lírica sustenta sentidos múltiplos. Fortuita na fatura de sua arte, produz rimas acidentais. Possivelmente impulsionada pela mesma "feroz simetria" do "tigre, tigre, flamante fulgor", de William Blake*, ela conjura simetrias de aliterações. Mais temerária do que dotada, comete erros. Na verdade, erro é o que não falta. Alguns deles, propositais ou não, revelam verdades acidentais. Como a serpente cuja língua bifurcada articula uma linguagem dupla, ela formula seus pensamentos mais íntimos em um idioma que não é o dela**. Ao fazer isso, a autora das cartas se submete ao domínio desse idioma ou sente que será capaz de alterá-lo de maneiras que sua própria língua materna não permitiria? Os riscos equivalem aos ganhos, impropriedades competem com dizeres doutos. Como poemas lavrados, as cartas apelam à visão e pedem para ser lidas em voz alta. Gostaria de saber se o destinatário respondeu ao desafio de sua amante e juntou sua voz aos carinhos da serpente. Esta seria uma maneira de suavizar a dor que as cartas narram na forma de uma história pessoal cheia de arestas e pesos.

Do ponto de vista formal, as cartas lembram o romance epistolar. No século XX, o mestre dessa forma é Julio Cortázar: seu romance *O jogo da amarelinha* convida o leitor a embaralhar a ordem das cartas apócrifas que constituem o livro a fim de chegar a histórias diferentes. Na mesma linha, o romance de Ana Castillo, *The Mixquiahuala Letters* [As cartas de Mixquiahuala], direciona o leitor, levando-o a juntar as cartas de modo a

---

* Trecho do poema "O tigre", em William Blake, *Canções da inocência e da experiência* (trad. Mário Alves Coutinho e Leonardo Gonçalves. Belo Horizonte, Crisálida, 2005). (N. E.)

** No original, as cartas escritas pela missivista norte-americana estão em francês. (N. E.)

produzir um tom específico, irônico, pragmático ou romântico. Neste volume, as cartas não são apócrifas, ainda que a identidade da autora seja desconhecida, e o que se compõe não é um romance, mas uma história real contada como multiplicidade.

As cartas retraçam o passado – o aparente momento de mudança, quando a autora das cartas conheceu o homem que décadas mais tarde seria seu destinatário. Como reminiscência, o passado habita o presente das cartas. Mas o que está em jogo é o futuro. A sedução faz surgir o imprevisível na escrita e desafia o destinatário a revisitar o passado como forma de refigurar o que está por vir.

Cada uma das cartas pode ser lida como única, um poema objeto completo em si mesmo. Mas cada carta desmente sua singularidade terminando no meio da narrativa com um provocante "A seguir...", como se o destinatário já não conhecesse a história. A sedução implícita nesse "A seguir" coloca o destinatário na posição de alguém que compartilha a história com a missivista, mas não conhece a versão que ela coloca. Assim, cada carta revela parte de uma narrativa que ainda não foi contada. Como seqüência, as cartas transformam a rememoração em um *striptease*, cada carta a exigir a próxima, capturando a imaginação do destinatário com a antecipação de futuras revelações. Ao regatear o prazer de seu amado, a missivista novamente reverte a relação tradicional de macho e fêmea, que costuma definir a mulher como aquela que se curva às inclinações de seu amado. A cada carta se forja, e depois se rompe, uma ligação. E a agonia prazerosa da espera é suspensa, mas apenas momentaneamente, pela chegada de outra carta. O ritmo da serialidade pontuada evoca a economia libidinal, uma vez que replica a extensão, sedutora mas exasperante, de uma relação sexual suspensa à beira do orgasmo.

A escritora revela-se uma Sherazade, mas as histórias oferecidas não são novas, nem têm como objetivo protelar sua execução. Em vez disso, são tecidas com os silêncios das histórias compartilhadas, e narradas para exterminar a condescendência e o esquecimento. Ao invés de mil e uma noites, a escrita se estende por um ano. De maio a maio, conta sua vida cotidiana – seu trabalho, suas migrações do sul para o norte. Registra a passagem do tempo pela notação das mudanças de chuva a neve e, depois,

14

do calor do verão norte-americano. Os aspectos mundanos e rotineiros da sua vida são contrapostos ao cataclismo da reação dos Estados Unidos aos ataques terroristas de 11 de setembro de 2001. A oposição está desorganizada, e a escritora revela seu desânimo ante uma nação que se prepara para recriar o inferno da guerra. Não se trata exatamente do contexto ideal para se rememorar um passado romântico, e muito menos para se lançar a um projeto cujo objetivo é a sedução. Mesmo assim, a escritora opera o salto mental que a afasta das contingências que aprisionam as realidades da sua vida e lhe permite acessar um tempo além do presente, no qual o desfecho da história ainda está em aberto. Será que ela pode ser acusada de escapar das agruras da vida real e se refugiar na terra do nunca do sonho? Ou será que ela foi capaz de engendrar um jogo de temporalidades digno das histórias fabulosas de Julio Cortázar? Lembro-me do conto "Axolotl", no qual o passado asteca colide com o presente e transporta um visitante ao Jardin des Plantes de Paris para o corpo de uma salamandra primitiva. Trata-se de uma história de vingança, que, de maneira mágica, reverte o processo da conquista sofrida pelos astecas séculos atrás.

O grande fabulador do Novo Mundo, Gabriel García Márquez, nos diz que a realidade da América é demasiadamente plena e exuberante, demasiadamente horrível e dolorosa para que possa ser contida em uma narrativa realista. Somente o mito pode veicular seus horrores e, ao mesmo tempo, preservar suas possibilidades utópicas. Seu *Cem anos de solidão* traduz a história pessoal de sua família – em si mesma uma figura da história da nação – em termos da narrativa mítica da fundação de Macondo e de seu eventual apagamento da face da Terra. Todos os ingredientes da história real são reconfigurados como eventos maravilhosos. Importa-se gelo, e os residentes decidem que se trata de uma aberração da natureza. Da mesma forma, o cinema é para eles uma máquina de ressurreição: como explicar de outro modo a reanimação de uma personagem de um filme para o outro? Do ponto de vista do Iluminismo, o mito é condenado como perpetuação do sonho e da negação. Do ponto de vista da teoria pós-colonial, o mito é estratégia de resistência que organiza o inconsciente coletivo em oposição aos ditames do racionalismo. Não é à toa que o pai fundador de Macondo pratica a alquimia. O realismo mágico é uma forma de alquimia narrativa. Toma direção da História e a transforma em uma substância extraordinária.

Do mesmo modo, a autora destas cartas parte do mundano e o transforma no extraordinário. Chega um estrangeiro. Ele é percebido como o diferente. Ele começa a explorar o ambiente. Conhece uma mulher do lugar. Ela, por sua vez, fica fascinada pelo estrangeiro. Eles se apaixonam, mas nunca se compreendem totalmente. Seu relacionamento é uma série de equívocos íntimos. Esses ingredientes são a direção da realidade que a alquimia da escritora transforma na narrativa de uma terra onde as cores existem antes de serem nomeadas, onde uma princesa pode ser uma bruxa má, e onde um Colombo intrigado testa sua ciência em meio à magia do Novo Mundo.

Ao escolher contar sua história como fábula, a escritora nos oferece um antídoto revigorante ao enorme fluxo de autobiografias confessionais produzidas nos anos 1980 e 1990 por feministas norte-americanas. Essas autobiografias são o triste epitáfio do ativismo dos anos 1960 e 1970. Enquanto os anos 1960 foram definidos pela tripla estratégia de confrontar a dominação masculina e a desigualdade racial no Movimento Feminista, e por uma política de dissidência entre heterossexuais e lésbicas, os anos 1980 assinalam a quietude das vitórias presumidas. Um número expressivo de mulheres, antes estigmatizadas como queimadoras de sutiãs, encontrou empregos compensadores em instituições acadêmicas. Nesse ambiente, sem contato com questões mais amplas, algumas começaram a escrever ensaios introvertidos de autodescoberta. Assim, "Me and My Shadow" [Eu e minha sombra], de Jane Tompkins, mostra a autora em conversa consigo mesma, falando do que lhe está próximo, como uma criança que brinca com a sombra, sabendo muito bem que a segurança do faz-de-conta não será ameaçada.

Em comparação com as memórias, que são autocentradas e ensimesmadas, a fábula é esparsa e discreta, mais sugestiva do que reveladora. Mas a simplicidade da fábula é um truque. Ela acoberta a complexidade de um processo que transforma o familiar no estranho, e está eivada de risco; o mais evidente deles é o de assumir a inocência convencional da subjetividade feminina, que necessariamente se apresenta como uma personagem de conto de fadas. A decisão da escritora de estruturar sua história como fábula pode se revelar um lance arriscado, mas tem precedentes interessantes. Suas cartas nos fazem lembrar Angela Carter, que reescreveu muitos dos contos de fadas europeus tradicionais. Ao invés das desventuras de donzelas em apuros, Angela Carter conta as histórias de heroínas que empunham espadas, derrotam inimigos satânicos e invertem as expectativas convencionais dos livros de história apresentando mulheres que assumem a iniciativa em questões sexuais. Do mesmo modo, a autora destas cartas assume uma identidade de contos de fadas, a da Bela Adormecida, a fim de contar verdades como se fossem parábolas encantadas. Isso tem duplo efeito. Por um lado, ela enfeitiça o receptor das cartas (que parece ter tendência a assumir as posições masculinas convencionais); por outro, ela lhe diz verdades veladas porém duras (as quais ele poderia muito bem descartar se apresentadas de forma mais contundente).

A sagacidade da fábula está em sua pretensa inocência. A fábula faz com que o estratagema seja palatável, precisamente por causa da relação instável do familiar apresentado como o estranho. O melhor exemplo da fábula como o tropo do estranhamento são as considerações de Freud sobre Olímpia, a boneca reanimada na narrativa perturbadora de E. T. A. Hoffmann*. Como palavra, *unheimlich*, ao pé da letra, o desfamiliar, é a antítese que continua marcada pelo traço de sua tese, o *heimlich*. Ou, como explica Freud, aquilo que pertence ao lar e é familiar torna-se cada vez mais ambivalente até que acaba por coincidir com seu oposto, o estranho e o ameaçador.

Assumindo a intenção benigna, porém diabólica, de Hoffmann, a escritora destas cartas reanima o passado. De forma encantadora, porém com um quê de malícia, ela posiciona o receptor das cartas no lugar da criança, o de Nataniel no conto de Hoffmann. Como receptor obnubilado de uma fábula, Nataniel transforma a narrativa familiar do Homem da Areia, que faz as crianças dormirem rápido jogando-lhes areia nos olhos,

---

* E. T. A. Hoffmann, "O homem da areia", em *Contos fantásticos* (Rio de Janeiro, Imago, 1993). (N. E.)

na fantasia horripilante de um agressor que ameaça queimar-lhe os olhos com carvão incandescente. É certo que a autora das cartas não recorre a ameaças explícitas, mas sua narrativa está crivada de farpas. Seu receptor nomeado vai reconhecer as linhas gerais da história rememorada, o *heimlich* que ele comparte com a autora das cartas. Mas ele também vai se submeter ao estranhamento de tudo o que é familiar, e vai testemunhar a transformação de seu passado em fábula e de si mesmo em um estranho em sua própria história.

Hábil, a escritora dá a seu amante o nome de Legba, e, ao fazê-lo, ela o retira de seu mundo e o coloca no dela: as Américas. Astuta, alimenta a vaidade masculina concedendo-lhe poder e autoridade. Porém, ela rejeita a base filosófica da autoridade dele. Mais do que isso, ela o interpola ao contexto da herança cultural de um mundo que é dela. Legba, o deus do vodu que se coloca nas encruzilhadas e corporifica o limite ambivalente entre a vida e a morte, vai aqui guiar uma narrativa destinada a revelar caminhos de vida, os trilhados e os recusados. Legba, que se vangloria da imortalidade e tenta a vida com a morte, vai aqui ter que considerar suas possibilidades realizadas e as que deixou escapar.

Inversamente, ao se autodenominar Bela Adormecida, a escritora se transforma em uma figura cultural herdada do mundo de seu amante. A Bela Adormecida é o ícone europeu da ambigüidade entre a vida e a morte; com sua passividade letárgica, ela subjuga a Ceifadora. Mas nesta história a Bela Adormecida não é sonhadora nem espera ser acordada pelo beijo de seu amado. Como os desmortos no romance de ficção científica de Philip K. Dick, *Ubik*, que, de sua meia-vida ambígua, comunicam-se com os vivos, ela narra para revelar a seu amado um mundo que ele pensava ver, uma mulher que ele pensava conhecer. Legba e Bela Adormecida, duas figuras aprisionadas em um entretempo, suspensas entre o nunca e o não ainda.

Mas essas identidades não são imutáveis, como seriam em contos de fadas tradicionais. Ao contrário, são instáveis e múltiplas. Reconhecendo as fraquezas encantadoras de seu amado, a escritora sugere ser ele também um Colombo intrigado, fascinado pelas maravilhas do Novo Mundo. E ela reconhece suas próprias tendências malévolas quando admite que a

Bela Adormecida esconde traços de Sicorax, a feiticeira que deu à luz Calibã em *A tempestade*, de Shakespeare.

Mais do que uma concessão a um modismo pós-moderno, as identidades múltiplas têm aqui a função de abrir diferentes possibilidades. Uma vez que a fábula permite aquilo que, na vida real, mal pode ser imaginado, a escritora pode estimular o receptor das cartas a se perceber simultaneamente pelo que ele é e pelo que ele não é. Ela o evoca como a soma total de suas identidades e também como a impossibilidade contraditória de eus antagônicos. Em uma história na qual identidade inevitavelmente remete a contra-identidade, o passado é tão precário quanto o futuro é versátil. A relação singular da fábula com tempos e identidades contrafactuais faz com que ela seja um estratagema da sedução. A escritora usa as cartas para concretizar o que na vida não se fez história – os motivos não revelados, as escolhas preteridas, as possibilidades ignoradas. Com isso, espera levar seu amado a redescobrir motivos, escolhas e possibilidades no presente. Isso equivale a fugir da morte correndo até Samarcanda, apenas para dar com ela no momento da chegada.

Lembranças podem vir enodoadas de nostalgia por um passado que se foi, podem sucumbir ao desejo de reverter o tempo na tentativa vã de reviver os momentos-chave da vida de outra maneira. Ao olhar para trás, para a terra do nunca dos primeiros encontros, a escritora se coloca à beira da nostalgia romântica. Será que ela cai nessa armadilha fatal? A resposta depende do sucesso da narrativa de encenar a sedução. Onde o romance anseia pela continuidade entre passado e futuro, a sedução joga com o risco e com a conjectura fortuita das diferentes temporalidades. A autora segue duas direções. Por um lado, termina a série de cartas dizendo a seu leitor que o círculo da narrativa se fechou, como um uróboro a comer sua própria cauda. Essa imagem elide a temporalidade do romance, e cria o lugar do presente eterno, em que Legba e Bela estão para sempre a ponto de se conhecer, a ponto de se apaixonar, a ponto de testar a paixão de um pelo outro. O amor romântico alimenta-se de nostalgia e imagina a renovação na curva do tempo repetido.

Mas a escritora contrabalança a figura do uróboro com a da hidra, na multiplicidade dos três desfechos possíveis para a série de cartas. Cada conclusão apresenta-se em uma modalidade diferente – do melodrama, da fábula e do maravilhoso – e dá a entender que todos os nossos esforços de saber e de contar amoldam-se às expectativas bem conhecidas dos gêneros literários. Cada final é um pastiche que fornece uma versão da verdade de acordo com as convenções dos gêneros. Será que, com isso, a escritora tenta seu amante a escolher a versão da história dos dois que ele preferir? Ou será que ela está lhe ensinando a insuficiência irônica de todas as verdades?

A sedução tece uma cilada enquanto a simplicidade enganosa esconde a complexidade desconcertante. O mais desconcertante de tudo é essa mulher tentadora que aposta o futuro na memória. O mais perturbador é uma tentação que seduz com revelações que incluem o estupro e as exigências de um casamento. O mais temerário é essa escritora que arrisca sua história em uma língua estrangeira para falar do desejo em palavras tornadas fatais por seus significados.

Suspeito que saibam quem é ela, assim como sabem quem é o receptor das cartas. Mas juntos, ninguém os sabe.

AS CARTAS

🦅 21 de maio

L.

canto das rãs e dos insetos. O verão veio
envolto em um calor úmido, pré-histórico.

Aqui no sul, sonho com você. Nesse sonho, começa
a escrever num quarto tomado pelos pombos (aqueles
que arrulham incessantemente no pátio).

Para melhor passar o tempo dos longos períodos estivais,
proponho contar uma história de Ariadne com multiplicidade
de trajetórias narrativas, que você pode montar como quiser.
Como verá, a história será divertida
por sua realidade ambígua, suas implicações eróticas
e sua bela mistura de aventura e humor.

Para começar, os personagens:

o protagonista: é você,

Você é, ao mesmo tempo, concreto e indecifrável como a foto
que me deu, na qual mira em um espelho para dar
a dupla imagem de ti mesmo como foto e reflexo de uma foto.

É o homem que conheço substancial em minhas carícias,
que joga o jogo da insubstancialidade.

É o deus do vodu, Legba, homem da encruzilhada que
habita o lugar e o não-lugar simultaneamente.

a antiprotagonista: sou eu,

Sou a mulher ingênua (como você diz)

Sou a Bela Adormecida que sonha com as
impossibilidades utópicas e procura a magia do tudo é possível.

*Sou a gata que busca sua realidade do outro lado
do espelho, como me obstino a encontrar seu verdadeiro rosto
do outro lado da máquina fotográfica.*

*Fico com o papel da antiprotagonista, pois, na realidade,
não sou ingênua, embora sonhe com a utopia.*

Graças à multiplicidade dessa história, podem-se inverter os personagens.

*Em uma outra construção também verossímil, você é
o ingênuo, Cristóvão Colombo, que procura o impossível paraíso
em uma terra desconhecida.*

*E eu sou a feiticeira, a mulher trapaceira disfarçada
de Bela Adormecida.*

Nessa versão, eu o seduzo com a embriaguez do desejo.

Na versão anterior, você me seduz com o exotismo saturniano.

Ao mesmo tempo,

*como já adivinhou (pois conhece bem a história),
podemos fazer simultaneamente os dois papéis, do ingênuo e
do trapaceiro.*

*Nesse roteiro ambos somos ingênuos,
enganados por nosso próprio encantamento.*

Nessa versão, nós nos seduzimos.

A SEGUIR...

como Legba vai encontrar a Bela Adormecida
na Terra Desconhecida

a B.

o acaricio
entre as pernas
no momento
em
que desperta

☙ 1º de junho

L.

*em meio ao verde do norte
continuo a história de Legba e a Bela Adormecida*

*A Terra Desconhecida
é um lugar sem estações e sem história
O tempo anula-se num perpétuo presente
Notável aridez torna a terra uma abstração
     fotográfica
E a distinção entre a praia e o deserto é
     apenas uma nuance entre areia e sal.*

A Bela Adormecida está em seu reino

*Legba vive em um mundo paralelo, mas completamente diferente
É o mundo do pensamento, vasto território das idéias
     filosóficas e científicas
     que ele manipula para produzir sua magia.
Aqui, Legba é o senhor todo-poderoso.*

*Mas chega o dia em que ele se entedia
Conhece bem demais o seu mundo*

*Na busca de algo novo, maravilhoso,
     Legba empreende viagem
Como os antigos Conquistadores que procuraram
     as cidades douradas e as fontes da juventude,
Ele procura Zabriskie Point
Um lugar fatal
onde todas as linhas de fuga se unem e se dissipam
Lá, ele espera encontrar a chave para ampliar sua magia*

Com toda a força de seu mágico pensamento,
Legba chega à Terra Desconhecida

A Bela Adormecida jamais vira homem assim.
Circundada por homens rústicos, incultos,
manifesta fascinação irresistível pelo estrangeiro
Fortemente concreta como seu mundo, sente um desejo
incrivelmente visceral.

Por seu lado, como pode imaginar, Legba conhece bem
as mulheres
Não considera notável a Bela
Mas aprecia sua relação íntima com a terra
E vê que ela será sua guia Sacajawea em
sua missão Zabriskie

Suponho que você contestará essa versão;
como sabe, há outras
Por exemplo, pode imaginar a Bela transformada em Sicorax,
antiga feiticeira
que manipula os bichos e as forças terrestres
para conceber uma magia negra
Sempre insatisfeita, Sicorax sonha com outra magia,
uma arte verdadeiramente cerebral
Nessa versão, ela inventa Legba.

Em uma outra versão, a mais romântica
Legba e a Bela, dotados, como nós, de uma sensualidade do
pensamento
Empreenderão juntos a viagem ao Zabriskie Point

A SEGUIR...
como Legba e a Bela encontram Zabriskie Point

a B.

com um sopro
muito leve
acaricio
sua pele
no momento em que adormece

✎ 9 de junho

L.

sonho com você no seu aprisco
isolado, refugiado, passeia feliz como os carneiros de antigamente

Quanto a mim, em meus sonhos, adentro sua solidão sagrada
para lhe dar a continuação da história
de Legba e Bela Adormecida

Será que Zabriskie Point existe?
A Bela duvida
Ela conhece bem o interior de seu país –
todas as curiosidades geológicas,
o oásis inesperado,
os animais tímidos,
as flores frágeis e breves
Ela nunca se deparou com Zabriskie Point

Mas Legba insiste
Ele viu o famoso Point numa tela encantada
Perseguido pela idéia fixa de sua existência, Legba emprega sua magia
para realizar o Ponto como um pico
em um mapa topográfico

A existência como símbolo
torna indiscutível a existência de Zabriskie Point na realidade

Persuadida pela evidência cartográfica, a Bela decide
acompanhar Legba em sua busca

Em todo caso, ela está cada vez mais fascinada
pelo estrangeiro,
tocada por seu poder magnético

A viagem é longa
Legba e a Bela atravessam uma topografia que é ao mesmo tempo
concreta e alucinante
As distâncias são ambíguas
A montanha que se crê tocar com a mão está, na realidade,
a mil quilômetros
E todos os caminhos perdem-se no horizonte

Encantado pelo ambiente vago porém duro,
Legba se acha cada vez mais
capturado pelo encanto sutil de sua guia
Começa a esquecer a finalidade de sua missão
para encontrar, em seu lugar,
prazer na incerteza

Em dado momento, Legba abandona o mapa topográfico

À sua volta, vê um país imaginário
Capturado por uma felicidade que jamais manifestara,
começa a nomear as cores e as combinações
das cores:
Ocre
amarelo
amarelo-ocre
siena
amarelo-siena
cor-de-malva
cor-de-malva-ocre

Estupefata pelas palavras que tornam inteligível
o que a Bela
jamais conhecera
a não ser por experiência

e

Maravilhada pela precisão fenomenal de Legba
A Bela Adormecida
    apaixona-se

    A SEGUIR...
        como o príncipe diabo
        é seduzido
            ou possivelmente
        também ele se apaixona

Porque a seqüência lhe cabe, convido-o a escrever a próxima página
    a B.

    acaricio
        seus olhos
    no momento em que
        você crê que dorme

⌇ 26 de junho

L.

umidade de verão, banho-me ao ar livre
pele salgada,
  sou deliciosa para os mosquitos

como não lançou mão da oportunidade de escrever sua página,
suspendo a questão de Legba (se ele ama ou se desconfia da Bela)

e retomo minha história
com uma revelação:

A Bela não é virgem

Bruja*!*
Mulher manipuladora, vive com um homem,
    o rei de seu reino
e tem um filho
cujo pai não é o rei

        A SEGUIR...
          uma história cada vez mais
          complexa,
          mas sempre fabulosa

                    a B.

          cuidadosamente,
            o coço,
              gata sensual

9 de julho

L.
sonho com você muito longe
onde não posso mais imaginá-lo

para anular a distância
e fazê-lo vir mais perto
retomo minha história com um tema íntimo

filha do ar e da água
a Bela não gosta de álcool nem de droga
a embriaguez sexual é o mais belo high que ela conhece
e com Legba
        ela encontra uma embriaguez sublime

Deus trapaceiro do vodu
Legba roubou às mulheres um segredo que elas guardaram
        ao longo dos séculos
é o segredo do múltiplo orgasmo

Bravo e belo Prometeu
Legba desfruta do segredo para passar dias inteiros
        na cama com a Bela

Mais contente do que nunca
a Bela Adormecida
desperta com os beijos profundos de seu amante
        para adormecer novamente
            no sonho perpétuo
dos corpos quentes, das mãos urgentes e da pulsação do sexo

numa cabana de cobertores e lençóis
Legba acaricia a Bela

Seu sexo salgado, almiscarado
sua voz retumbante
ele a toma
corpo e cérebro

Corrente do desejo entre as coxas
palavras dos mistérios nos ouvidos
a Bela flutua numa embriaguez sensual

A SEGUIR...
ruptura do êxtase

a B.

sussurro
uma palavra de amor
em seu ouvido

20 de julho

L.

no seu aniversário
suas palavras sobre as palavras

A Bela aprende
a língua de Legba
em sua cama

Lá, ele conta histórias feitas de uma mistura de
　　　　trompe-l'oeil
　　　　hologramas
　　　　e buracos negros
no leito de amor, os contos fantásticos e maravilhosos
　　　　　　　　que a Bela conhece muito bem
foram substituídos pelas histórias simbólicas e virtuais

Filha de um país mítico, a Bela está preparada
　　　　para toda narração imaginativa
Presa de uma avidez estimulada pelo amor
a Bela esforça-se para aprender a língua fabulosa de Legba

Ademais, acredita encontrar na língua o meio de melhor
　　　　conhecer seu amante mágico
Embora saiba que se podem empregar as palavras para esconder
　　　　os segredos
　　　　mesmo para mentir
　　　　　　ela obstina-se a procurar nas histórias
　　　　　　　　palavras-chave
　　　　　　para iluminar a alma indecifrável
　　　　　　　　de Legba

Às vezes, os amantes trocam cartas
em que as palavras adquirem encantadora e deliciosa tatilidade

Esperançosa de descobrir o espírito de seu amante tornado visível
    a Bela considera a leitura uma tarefa desconcertante

A escrita de Legba é tão misteriosa, impenetrável
    quanto suas palavras faladas
Reinventando as runas dos antigos celtas,
    Legba disfarça as letras do alfabeto,
    implica com os "s" e "f"
    e define a escrita como um jogo de esconde-esconde

Seduzida, embora frustrada,
a Bela nunca chegará a se situar
na língua de Legba
Jamais encontrará as palavras para se expressar
    ou para comunicar a profundidade de seu amor por Legba

Por seu lado, Legba encontra na Bela
    a realização do buraco negro
        a lacuna perfeita
    a moça simultaneamente concreta, nua em seus braços
    mas ao mesmo tempo sempre em outro lugar
        seu ser rasurado pela defasagem
        da linguagem

        A SEGUIR...
            de um modo
            que ainda não vejo

                                        a B.

            me quero
            pele a pele
            consigo

≫ 1º de agosto

L.

    mês de agosto
    as sombras se alongam
    e os dias começam
               com o frescor muito leve do outono
    meus sonhos o perseguem do outro lado do mundo

    Para continuar a meditação
               sobre a língua
    pode-se derrubar e reinterpretar
               tudo o que já escrevi

    Numa outra versão
    a relação entre Legba e a Bela Adormecida
    é lindamente parcial e oblíqua

    Desajeitada na língua de Legba
    a Bela corre o risco de ser percebida como uma criança

    Mas ela preserva
               em uma vasta rede de segredos impenetrável
    a maioria de seus pensamentos
               (com efeito, tudo o que ela não pode
               formular na língua do estrangeiro)

    Feiticeira sagaz, serve-se de seu desconhecimento
               para pôr em jogo
               mil jogos de palavras
               que seu amante acha engraçados

    Por sua parte, Legba
               o todo-conhecedor
               o todo-poderoso
               o grande aventureiro

será para sempre desajeitado na língua
da Terra Desconhecida

Por isso, toda sua magia é um pouco aleatória
baseada na defasagem entre seu saber substancial
e suas observações mal compreendidas
Curiosamente,
em vez de ser diminuída
sua magia tira proveito da defasagem
para produzir ilusões absolutamente novas

Bela coincidência dos desconhecimentos
estimula o amor
entre Legba e a Bela

A SEGUIR...
Legba retornará a seu país

a B.

Longe onde está
pode imaginar
o brincar de meus carinhos?

17 de agosto

L.

fim do verão
período das grandes tempestades
o dia começa com um céu já pesado
  grávido de água e raios
a tarde cai numa noite precoce
    obscuridade rompida pela ópera wagneriana
          dos relâmpagos e trovões

Nessa atmosfera infernal
preparo minha volta ao sul
    abatida pela falta de entusiasmo em voltar ao trabalho
gostaria de conclamar um furacão
    para anular a primeira semana acadêmica

A ocasião de meu retorno às Carolinas
provoca essa meditação sobre o retorno de Legba
    a seu país natal

Desde o dia de sua chegada
todos no país desconhecido compreenderam bem
que o feiticeiro permaneceria pouco tempo

como um semeador diabólico,
ele deixaria as sementes de sua magia
      ao cultivo
      de uma geração de discípulos
        que cantariam todas as palavras que Legba cantara
        porém sem chegar às belas encantações do mago

Por seu lado,
a Bela Adormecida

também compreendera que chegaria o dia em que Legba
a deixaria
Mas ela se dedicava a anular esse dia inevitável
com um sonho perpétuo do presente
Tão feiticeira quanto sonhadora, a Bela habita
uma circularidade do tempo
em que o dia
chega à noite
mas a semana jamais acaba

Entretanto, chega o dia em que a Bela desperta
para o fato de que as semanas
se acumularam para produzir meses inteiros

Irritada e deprimida ao mesmo tempo
maldiz Legba e o dia fatal
de sua bela chegada

Como o conheço
sei bem que achará essa versão da história
um pouco melodramática
mesmo que eu possa jurar que a Bela queria
fazer tudo para retardar o escoar do tempo
você pode me lembrar que Legba fazia
tudo para ensinar à Bela
o gozo sublime da impermanência

Na versão da história determinada pela fuga do tempo
Legba e a Bela encontram o êxtase erótico
pois cada dia é completamente
gratuito e não-cumulativo
Curiosamente, esta versão do tempo produz
um presente mais perpétuo do que aquele sonhado pela Bela
É um presente em que jamais se deixam
as instantaneidades

Contrariamente, como não o conheço
não posso senão supor que não gostará
    nem de uma nem de outra versão do tempo
Então, em uma outra construção da história
    adivinhada pela Bela
        e também condenada
Legba, como feiticeiro peregrino
atravessa o mundo
acumulando uma seqüência de países desconhecidos
em cada um
ele encontra uma Bela Adormecida
que tenta impedir o dia de sua partida
e que deve aprender a beleza da impermanência

Nessa versão, Legba gosta do momento da partida
ainda mais que do momento da chegada

Maldiz-me por ter imaginado uma versão chauvinista?

Então, imagina uma versão em que a Bela
    feiticeira dominatrix
espera com impaciência o dia da partida
    de seu amante
porque sabe muito bem
    que ele a ama
    que ele não quer partir
    e que ele
    não encontrará a magia suficiente
    para poder ficar

Essa versão cruel
é contrariada
pela tristeza da Bela
    que vive a partida de seu amante
    como um dilaceramento visceral

A SEGUIR...

como a Bela

faz um voto

a B.

anulo a distância
para beijá-lo profundamente

4 de setembro

L.

ainda nas Carolinas
os dias lentos
calor opressivo
canto erótico dos insetos

para romper o tédio, retomo minha história

Na véspera da partida
Legba e a Bela se encontram clandestinamente
na fortaleza do rei
Lá, numa pequena antecâmara, fazem amor
enquanto ao redor, nos corredores,
escritórios,
outros quartos
todas as outras pessoas
nada notam
e dedicam-se cegamente a seu trabalho

No oásis criado pela paixão de ambos
a Bela manifesta a dor febril da apaixonada
que crê copular com seu amante pela última vez
Num delírio que resiste a ser descoberto
a Bela morde os lábios para assassinar a voz

No ápice de seu êxtase
fora do corpo e da mente
a Bela é transportada para um mundo astral
onde ela assiste com clareza de Einstein
a fusão, molécula por molécula,
de seu ser com o de Legba

Ao mesmo tempo abençoada e aterrorizada pelo poder do desejo
ela faz o voto de reencontrar seu amante
mesmo do outro lado do mundo

A SEGUIR...
as conseqüências do voto

a B.

🐦 23 de setembro

L.

> *aqui, o terror da democracia*
> *a chantagem do patriotismo*
> *um país amordaçado pela bandeira*
> *e um presidente estúpido,*
> > *simulacro de um boneco*
>
> *Como reencontrar a pista de minha história?*

a B.

> > *mais do que nunca*
> > *eu o procuro*
> > *no mundo sonhado*

🖎 9 de outubro

L.

> *A América,*
>> *espetacular*
>> *absorvida no circuito CNN*
>> *submissa ao temor das bombas, dos micróbios biológicos*
>>> *e das armas químicas*
> *dá início ao bombardeamento de um país pobre, primitivo*

> *Meus camaradas marxistas*
>> *desmoralizados, deprimidos*
> *enfrentam a impossibilidade de fazer manifestações*
>> *em um momento hiperpatriótico*

> *Quanto a mim, reencontro a pista de minha história*

> *Legba está distante*
> *repatriado*
> *na Terra Bem Conhecida Demais*

> *Envolto outra vez na história,*
> *ele respira a pesada e densa*
>> *atmosfera da verdadeira civilização*
> *Reintegrado nas estruturas da vida e da cidade*
> *ele representa para seus colegas feiticeiros*
>> *a levíssima irrupção*
>> *do inesperado*
>> *no corpo pesado e sufocante de sua ciência*

> *Torturado pelas lembranças da Terra Desconhecida, cuja imagem*
>> *apaga-se*
>> *evapora-se*
>> *esvai-se*

Legba sabe que está condenado a uma vida em trânsito
belo pássaro sem ninho, circulará pelo mundo
atraído aos não-lugares
às zonas fabulosas
aos espaços desérticos

Do outro lado do mundo, na solidão ensolarada
                              da Terra Desconhecida
A Bela Adormecida
acha que não se reintegrará jamais ao ritmo atemporal
                    de seu mundo
Despertada no dia em que Legba chegou,
ela nasceu na história no dia em que ele partiu
Separada dos outros pela imensa porém imperceptível defasagem
        temporal
                    (ela, condenada à história
                    os outros, condenados ao paraíso)
a Bela percorre os dias,
        singularmente descontente
        vagamente procurando
para deparar um dia
        com um livro
        em que a escrita revela a mão do feiticeiro
precisamente esquecido para que ela o encontrasse,
o livro articula um vínculo com o feiticeiro

Audaz e brava guerreira, a Bela faz o voto
de penetrar os segredos do livro

A SEGUIR...
a leitura

a B.

sonha
        com minhas carícias
        na noite?

                        insubstanciais
                        mas abrasadoras
                        em sua pele?

25 de outubro

L.

começo do outono
o ar da manhã é uma mistura de nevoeiro
    e fumaça das folhas queimadas à noite
o sol acaricia o horizonte,
lançando longuíssimas sombras
    e raios ofuscantes

um belo momento para contemplar as mudanças temporais
e imaginar que o dia em que receberá esta carta
será o dia em que me reencontrará em sua casa

antecipando minha chegada
sonho o sonho da Bela Adormecida
no dia em que ela abre o livro do amante
para aí descobrir e saborear seus segredos

com a obra nas mãos, ela arde de impaciência
que mundo descobrirá?
que mistérios?
que poder?

Com um calafrio elétrico, ela o abre então
e seus olhos encontram as palavras
nas quais as idéias do feiticeiro tomam forma carnal

Lendo como um píton, a Bela consome as palavras
linha por linha, ela sorve a escrita
procurando anular a ausência do feiticeiro
e beber toda a sua ciência de um só gole

Que tristeza!
Devorado o livro, ela descobre que não compreendeu

uma única palavra
nem mesmo anulou a ausência de seu amante

Sem esmorecer
a Bela recomeça a leitura
dessa vez como uma galinha ciscando entre as palavras
      para encontrar o sentido da escrita
      e a essência de seu amante

Que tombo!
ciscado o livro grão a grão até o fim,
ela acha que as palavras alinhadas como milho
não produziram nem a compreensão do texto
      nem a do ser adorado

Frustrada, porém ainda mais determinada
a Bela compreende
que deve proceder como uma gata
      penetrar o texto lentamente, cuidadosamente
      brincar com as palavras
      e saborear-lhes o sentido como se lambesse
                        e beijasse
                        o corpo do amante
Satisfeita como a gata com o rato
a Bela caça as palavras
e descobre que Legba também brinca de gato e rato

Também ele gosta de saborear as palavras
acariciar o discurso como o corpo da amante
e ter prazer no pensamento figurado,
prática intelectual tornada sensual

      A SEGUIR...
            ainda a leitura

                                          a B.

imagina-me

entre suas coxas
ronronando

feliz como a gata
com o rato

🐦 6 de novembro

L.

dia cinzento, monótono
aqui em Paris retomo minha história
ainda no momento em que a Bela lê o texto de Legba

Gata mimada,
a Bela tem prazer com o texto de Legba
Mais instintual
  que intelectual
ela esquadrinha as páginas
fareja as palavras
e condescende em saborear as mais belas de todas

Horas depois
enrosca-se
e adormece com o livro
contente de respirar
os levíssimos traços
do feiticeiro impregnados nas páginas

Ao despertar
retoma o livro

Mas dessa vez ela começa a refletir sobre as palavras
Abre o cérebro para aí gravar o sentido da escrita
Com a sagacidade inesperada
  ela descobre a base da magia de seu amante
Vê que ele constrói um discurso
  como uma jóia perfeita
  uma safira
  que maravilha a leitora
  com uma lógica hipnótica

Ler é entrar num sistema fechado
para ativar o poder de Legba em termos determinados
pelo próprio feiticeiro

Aterrorizada,
a Bela fecha o livro –
unir-se ao feiticeiro no plano da palavra é
mais perigoso
que se unir a ele no amor

Reencontrando seu orgulho,
a Bela olha o livro
agora como um desafio

Mais obstinada que corajosa,
ela abre novamente o livro
e, para expulsar os espíritos do vodu,
lê em voz alta

Na sua própria voz ela ouve
as palavras de Legba
Na sua própria voz ela escuta
a descrição do hotel em Porterville
todas as janelas abertas
todos os quartos vazios
todas as televisões ligadas

De súbito
a Bela se dá conta
de que já ouvira as mesmas palavras
antes que fossem escritas
ela as ouvira
sussurradas
ao ouvido
nas noites de amor
quando Legba a tomava em seu leito

para aí misturar
o desejo com seus contos fabulosos

Enraivecida, transtornada,
a Bela fecha o livro
sente-se traída

seu amante recolheu e publicou os contos
que ela aceitara como presentes
como jóias
oferecidas expressamente a ela

Perdida numa torrente de sentimentos
tão coléricos
quanto caóticos
a Bela luta contra sua tendência bruja

Para poder ainda refletir
sobre o feiticeiro
e sobre seu livro
...onde as palavras ouvidas na clandestinidade
se transformaram
em uma forma acessível
a olhos inumeráveis

A SEGUIR...
como a Bela resolve
o dilema colocado pelo livro

a B.

a boca
na sua pele
sussurro
uma escrita
secreta
que jamais se traduz

✒ 19 de novembro

L.

ainda no sul
do outro lado do Atlântico
retomo minha história
para anular a vasta e cruel distância

Enquanto a Bela
lê o texto de Legba
e luta contra as paixões provocadas pela leitura

Legba, do outro lado do mundo,
onde o dia já se transformou em noite
luta contra o sono

Semi-adormecido, também ele lê
um livro sobre o deserto infinito

Transportado a um mundo profundamente abstrato,
dominado por um silêncio quase sonoro,
o feiticeiro mergulha no mundo dos sonhos.
Lá, no lombo de um camelo,
embalado por um ritmo lento, primordial
Legba sonha que é pirata do deserto

Livre como a brisa árida,
não conhece coação nem limite
Mais sagaz do que brutal,
aperfeiçoou a arte do roubo,
o que nele é mais sedução do que roubo

Original de coração, o pirata rouba tudo o que é preciso para viver
exceto as lâminas de barbear
estas, ele as compra para ter experiência
de uma prática consumidora

Um dia, o pirata, montado no camelo
    atravessa o deserto
    em busca de tesouros

No vasto nada
    depara-se com um burrinho
    errante
    perdido
    provavelmente separado de uma caravana

Com olhos de águia
    o pirata nota que o burro carrega um cofre
    de prata
    todo incrustado de pedras preciosas

Atirando-se sobre o burro, corta as cordas que prendem o cofre
    e tomba na areia
    o cofre nas mãos

Que delícia!
O pirata, ofegante por antecipação,
o abre
e encontra
lá dentro
uma pequena serpente, feita de ouro, mas viva

Com seus olhos azuis, safíricos
    a serpente o olha
    e lança sua língua
    vermelho-rubi
    em desafio

"tome-me em tuas mãos, bravo pirata"

"deixe-me acariciá-lo com meu corpo dourado
    e minha língua ardente"

O pirata, que conhece bem a tentação,
    pega a serpente

Mesmerizado, mira-a nos olhos
Língua com língua, eles se beijam
    serpente e pirata
    enlaçados
    numa comunicação erótica

Por esse sonho
Legba compreende
que a Bela encontrou seu livro
e que entendeu bem
como manipular sua magia
pois foi ela quem invocou o sonho para tentar seu amante
    disfarçada de serpente

A SEGUIR:
    sonho ou realidade?

        a B.

    malvada
    assombro
    seus sonhos
    Conhece
        meus beijos fantasmáticos?

17 de dezembro

L.

para seu Natal
uma folha
a juntar
às outras

Sherazade no plano dos sonhos
a Bela comunica-se com seu amante
numa seqüência de sonhos, cartas insubstanciais
que ela fabrica
noite após noite
e lhe envia
cada uma delas um presente fantasmático

sua esperança
receber
uma resposta

ou por sonho
ou pelo correio
ou por oráculo

Nada

Hiperdiligente, a Bela obstina-se
como aranha em sua teia
em aperfeiçoar os sonhos missivos

Bem-sucedida demais
a Bela arrisca-se a adoecer
vítima de um esforço criativo imenso

Ademais, ela perde contato com o mundo
e não distingue mais a diferença entre sonho e realidade

Prisioneira de sua própria magia
a Bela habita uma zona onírica
onde tudo é possível
e nada é certo

A SEGUIR...
como a Bela rompe
a hipnose das mil e uma noites

a B.

escondo-me nos seus sonhos
para despertar com você

🔖 7 de janeiro

L.

as Carolinas suavizadas pela neve
uma limpeza
em que todos os carros abandonados na estrada
  assumem a atitude de bichos
   uma migração de ursos e elefantes
    envoltos em manto branco

partirei esta noite, destino Paris
para encontrá-lo amanhã cedo
a viagem me faz lembrar da primeira vez
em que a Bela deixou sua terra
para encontrar o amante no mundo dele

Tempos depois
a Bela começa a aborrecer-se com a magia
  do teletransporte dos sonhos
quer romper a comunicação imaginária
   o jogo simbólico que estabeleceu com seu amante
   para achar o meio de ser ela mesma transportada
   mediante os mistérios do espaço/tempo
   para despertar um dia
   no mundo de Legba

Idéia aterradora!
  o mundo de Legba
  Legba em seu mundo

Conjuração incrível!
a Bela imagina um mundo muito pesado
  enterrado na história
um mundo sufocante
  saturado da cultura

um mundo fortaleza
 rede da civilização

Para afastar o medo
e se livrar da infelicidade
 provocada pela contemplação desse mundo
a Bela imagina seu amante
Legba, deus da encruzilhada
Legba que desliza na superfície de seu mundo
 para trapacear os outros
Legba que escava suas profundezas
 para revelar esses segredos

A Bela sabe que não poderá fazer a viagem a não ser
ignorando as sutilezas do transporte moderno
a Bela organiza uma viagem indireta, feita por etapas
 duas de avião
 outras duas de trem
 uma de barco
 e algumas outras de ônibus

  A SEGUIR...
   a viagem

          a B.

    a simultaneidade do passado
     e do futuro
   evocada em minhas cartas
   está à espera
    em minhas carícias

🐟 15 de janeiro

L.

    vôo de volta
    eu, desolada como sempre

    vôo de volta
    escrevo uma carta difícil
    sobre um acontecimento
        cuja cicatriz a Bela carrega para sempre

    Ulisses transformado em mulher
    sem proteção de deus algum
    mas impelida pelo desejo
    a Bela vai viajar

    Espírito fatal,
    ela sonha apenas com o momento de gozo sublime
    quando estiver nos braços de seu amante todo-poderoso

    Ingênua, não estava alerta
    deveria ter desconfiado
    do italiano, guia turístico
    que lhe assegurou um lugar no trem
    embora ela pudesse ver que o trem estava
        absolutamente lotado
        de turistas ingleses

    Ao subir no trem
    a Bela cai numa armadilha

    o inferno

    não vale a pena recitar a seqüência dos acontecimentos
    que a condenaram
    a um quarto fechado

o guia italiano
e seus três amigos

"Crazy American Woman"
cantavam eles precipitando-a sobre a cama

"Crazy American Woman"
...afastando suas pernas

"Crazy American Woman"
...forçando seu cu
com os dedos
o pênis

"Crazy American Woman"
...forçando sua boca
até sufocá-la
e fazê-la esquecer
quase
o outro que a penetrava
pela vagina

"Crazy American Woman"
...a noite inteira
você não pode escapar
a porta não se abrirá
o trem não se deterá

"Crazy American Woman"
...presa na cama
seu cu torturado
sua vagina escorrendo, inchada

ela se salva
do delírio e da horrível violação do corpo
na única estratégia possível:

a perversidade
do prazer masoquista

O amanhecer
  banalidade dos homens que se retiraram para fazer o café
  banalidade da porta aberta
  banalidade da liberdade
    corpo sujo, salgado
  banalidade da estação onde a Bela busca coragem
    para retomar a viagem
  banalidade da distância ainda a percorrer

Todas as banalidades equilibradas contra a incrível delícia de chegar

Que amargura!

a Bela se lembrará
para sempre
do rosto, belo, desejado
  de seu amante no dia do reencontro

como

se lembrará
para sempre
da pergunta fatal que ele lhe fez
  primeiras palavras
  a acariciar
  a distância entre seus lábios

"você se guardou para mim?"

Pergunta cortante!

a Bela fita Legba nos olhos
vê que de um lado
ele brinca com ela
  ele gosta da idéia de uma mulher enganadora
    sedutora
    perseguida pelos outros

ele quer, talvez, brincar com a fantasia
de sua mulher livre
que se dá aos outros
como uma
"Crazy American Woman"

Mas de outro lado
ela vê o amor terrível de seu amante feiticeiro
vê a angústia de seu amor cru
e compreende que ele não quer
nem quererá
senão o presente de seu corpo
feito para ele
guardado para ele
junto a ele no orgasmo

Como dois personagens em uma tragédia grega
os amantes confrontam o destino
onde Legba será traído por sua própria pergunta
e a Bela será traída por sua resposta

As escolhas são todas mortais:

ou Legba será enganado por uma mentira
ou saberá que foi traído por sua mulher

por seu lado, ou a Bela trairá a si mesma com uma mentira
ou trairá seu amante com a verdade

Desolada
incapaz de notar a cólera
isso virá mais tarde
a Bela sente-se traída ainda pelo impossível desejo de seu amante

Ele esqueceu que ela vive com um homem?
que ela já tem um filho?
que jamais fora virgem para ele?

violada, abusada, apodrecida

mas orgulhosa na pureza de seu amor por Legba
A Bela decide pela verdade

escolha que a condena
a jamais poder esquecer
a horrível transformação do rosto do amante
            uma vez belo e desejado
tornado espectro tempestuoso,
                    negro,
                        diabólico

e ainda pior:
            a ver no rosto do feiticeiro
            a perda cataclísmica de sua inocência

        A SEGUIR:
                o que fazem os amantes depois da queda no abismo
                                                    a B.

            jamais virgem
            minha carícia
            é provocação

7 de fevereiro

L.

Ariadne louca
perco o fio
no meu próprio labirinto
condenada a procurar
noite após noite
sem jamais o encontrar

Para invocar a realidade como fantasia
recomeço a história de Legba e a Bela
ambos reunidos na terra do feiticeiro,
> *a Terra Bem Conhecida Demais*

Seu encontro tendo sido desmantelado pela suspeita
ambos nasceram na vulnerabilidade
olham-se nos olhos
> *e encontram, cada um,*
> *no olhar do outro*
> *sua própria fragilidade*

Para se dominar,
Legba apela para sua magia
e propõe uma viagem
> *de descoberta*
> *de um fenômeno prestigioso*

Extasiada,
a Bela despoja-se de suas emoções
ela deseja ver os mistérios do mundo de Legba

Empreendem viagem numa terra antiga
onde se vê a história
numa paisagem pitoresca

onde as cidades crescem no alto das colinas
e as pessoas cultivam os campos embaixo

Maravilhada,
a Bela sabe que já viu este mundo
nos livros de contos de fadas

Encantado pela felicidade que vê no rosto de sua amante
Legba leva a Bela
ao cimo de uma colina
  numa cidade feérica
  onde as pracinhas ensolaradas
  rompem o labirinto sombrio
     das ruas estreitas

Tocado pelas maravilhas que vê nos olhos da amante
Legba leva a Bela
ao castelo
Lá, eles percorrem os quartos
  seguindo o fio do feiticeiro
  para chegar, finalmente, a um minúsculo gabinete

Magia sublime
o gabinete revela um mundo enganador
  um mundo fechado que se desdobra ao infinito
  um mundo onde a Bela toca as alucinações

Construído de madeira
    concreto
    real
    o gabinete é uma galeria de objetos fantasmáticos

Encantada, mas sempre astuciosa,
a Bela vê
que todos os objetos representados:
     os livros
     a ampulheta
     o alaúde

lembram o mundo do feiticeiro
e põem em jogo sua solidez

Ela vê que Legba adora o gabinete, o espaço irônico
Ele gosta da reverberação da realidade
> *onde tudo é substancial*
> *e insubstancial ao mesmo tempo*

No gabinete
a Bela compreende que
> > *o grande desejo do feiticeiro*
> > *estará sempre em outro lugar*
> > *em busca do insólito*

A SEGUIR...
> a Bela entre dois mundos

a B.

> *com minhas carícias*
> *teço um laço*

> *para enredá-lo*
> *em minha ternura*

≈ 24 de fevereiro

L.

dias tempestuosos
volatilidade atmosférica
as forças que constituem "o eixo do inverno":

granizo
regelo
neve
frio
vento

lutam contra a doçura da primavera

época instável, inconstante
bom momento para refletir sobre a vida interior
da Bela
a rede dos sentimentos
perturbada como um dia de fevereiro

a estada com Legba
traça a topografia
de uma realidade invertida
na qual a Bela considera
as lembranças de sua vida normal:

Terra Desconhecida
o rei
seu filho

estão relegados às margens de um mundo
cujo centro de gravidade
é a presença sedutora do feiticeiro

na casa dele
em seu apartamento
no interior de sua vida privada

a Bela procura a chave do enigma do feiticeiro
explora as peças e nota o conjunto dos objetos
    curiosa mistura de coisas exóticas e mundanas:
    livros e manuscritos
    imagens
    e, sobretudo, espelhos
                que ampliam o espaço
                e duplicam o efeito das janelas

fascinada pela constelação das coisas
    e a ordem quase gratuita
a Bela sente-se tentada a ler o cenário
    como leu o livro do feiticeiro

mas resiste à tentação
    decifrar o feiticeiro pelo conjunto de seu habitus
    seria extinguir a bela contrariedade
                        de sua ambigüidade
em vez de fazer perguntas
a Bela flutua
subjugada pela embriaguez do desejo
a Bela esquece sua outra vida

Mentira!

dilacerada,
entre o mundo que conhece bem demais
e aquele apenas adivinhado

entre o rei bem concreto
e o feiticeiro enigmático

entre as brigas cotidianas
e o amor incrível

a Bela voga no centro de um turbilhão

A SEGUIR...

uma revelação no centro do atordoamento

a B.

constante
e
inconstante

sonho e mentira
o acaricio

24 de março

L.

sábado em meu escritório
dia chuvoso
             atemporal
             triste
deliciosamente só
e
hipnotizada pelo ritmo da chuva
penso na Bela
             distante
             no país de Legba

encantada pelo feiticeiro
maravilhada por seu mundo
a Bela esquece a hora e o dia

como Cinderela no baile
ignora a chegada da meia-noite
a hora maldita
quando o encanto se quebrará
e ela deixará o feiticeiro
             para reencontrar o rei

o toque da meia-noite
soa para a Bela
em pleno dia

era o dia
em que Legba a levou para ver o Atlântico

para melhor a impressionar
o feiticeiro eliminara
             todas as cores do mundo
             exceto o branco e o azul

Imagine
comigo:
　　　duas, três nuvens
　　　　　　isoladas no azul infinito do céu
　　　uma falésia calcária
　　　　　　acariciada pelo azul profundo do mar
　　　Nada a não ser azul
　　　Nada a não ser branco
　　　nenhum pássaro
　　　nenhum barco
　　　um mundo de contrastes brutais

Atingida no coração
a Bela descobre
　　　　na oposição das cores
uma beleza espantosa
extasiada
ela fita o feiticeiro
　　　　　para lhe dizer...
que compreendeu bem
que as coisas
ligadas por
indissolúvel diferença
jamais se separam

a Bela sabe que
　　　　empreenderá o caminho de volta
e que o feiticeiro
　　　　a encontrará no fim do caminho

A SEGUIR...
　　　Legba ainda na Terra Desconhecida

　　　　　　　　　　　a B.

quando receber
esta carta
estarei aqui

⚘ 23 de abril

L.

calor
      na pele
sol
   nos olhos
zumzum dos insetos
                  nos ouvidos
é o verão

de volta à Terra Desconhecida
a Bela retoma sua vida
contente pela chegada do verão
mas ligeiramente agitada devido à ausência do amante

toda a orgia da vida que se renova
            a explosão das flores, folhas e pássaros
a atrai
mas não pode se unir à germinação estival
como habitualmente

seus pensamentos estão longe
seus sonhos estão longe
seu desejo está longe

passa os dias numa peregrinação sem rumo
semiconsciente, faz o circuito
entre a fortaleza do rei, os campos e a praia

um dia, à beira-mar
senta-se na areia
deliciosamente quente,
deixa escorrer os grãos finíssimos
por entre os dedos

levemente distraída
sonhadora

começa a escrever o nome de Legba na areia
brinca com as letras
        traçando e apagando-as
        arrumando e desarrumando-as
manipula a geometria do nome
e traça um pentágono na areia

no afã de lembrar-se do amante
de reencontrar seu rosto na constelação de letras
encontra a cabala

sem saber
ela encontra o poder escondido
no nome de Legba
e chama o feiticeiro com sua própria magia

ela sabe que o amante
voltará

A SEGUIR...
    uma das múltiplas conclusões
    da seqüência das cartas

a B.

como a Bela
deixo correr
a seda/areia
de meus carinhos
na sua pele

🐟 5 de maio

L.

como o uróboro
dragão mítico que engole a própria cauda
para metaforizar a circularidade do tempo
também a seqüência das cartas escritas a Legba
encerra a circularidade de um ano

onde o uróboro representa a unidade perfeita
a história de Legba e a Bela envolve complexidade
na qual o fio de Ariadne
                        que revela a linearidade no labirinto
transforma-se em teia de aranha
onde os fios designam a simultaneidade
                        em que tudo é possível

assim, a conclusão em seguida das cartas
oferece eventualidades múltiplas
todos os desenlaces são verdadeiros
nenhum é exclusivo

Eis o desenlace melodramático:

seguindo um dos fios de sua história
Legba volta à Terra Desconhecida
para encontrar a Bela completamente mudada

em vez de alegre
                vivaz
está distraída
                agitada

procurando sossegá-la
Legba propõe uma viagem ao interior do país

habitualmente, ela aceitaria sem pensar duas vezes
mas desta vez ela hesita
                    desconcertada
                    perturbada até a histeria

imagine
        o desespero de Legba
contando com a magia, não consegue compreender
o que acontece à Bela
presa de sua biologia
a Bela está grávida

paralisada entre o rei
                        que pede o aborto
e Legba
        que propõe a fuga

a Bela não suporta
                    e diz que vai embora
                    que se afasta
                    e que ninguém a encontrará

imagine,
        o desgosto
        a dor
        enfim, a cólera de Legba

quando, três dias depois
vê
que a Bela mentiu
que ela não partiu
com efeito, está ainda com o rei

Lúcifer
        fogo e fumaça
Legba se enraivece

Furioso
     vai-se embora como um vento tempestuoso até o deserto
     lá, encontra o lugar secreto
     a gruta clandestina
     onde ele e a Bela fizeram amor

num ato ritual
um exorcismo executado para expulsar todo traço da Bela
ele queima
todas as cartas que a Bela escreveu
e que ele guardara

ainda encolerizado
recolhe as cinzas
e as envia à Bela

imagine
     a esperança que a Bela alimentava
quando recebeu a carta
escrita pela mão de seu amante

esperança transformada no mais profundo desespero
no momento em que a Bela abre a carta e encontra as cinzas

amante assassino
     Legba emprega o simbólico
     para matar o amor

Bruja, *sem saber*
                    a Bela ingere as cinzas

Feiticeira, *sem ciência*

anos mais tarde
        ela começa a escrever ainda cartas a Legba
Talismãs
     de seu desejo

A SEGUIR...

    outro desenlace

    outra história

a B.

🦇 10 de maio

L.

    ei-lo, o desenlace fabuloso:

    seguindo outro fio de sua história
    Legba renuncia à Bela
    e tem prazer
    em percorrer o mundo todo

    sedutor e seduzido
    persegue o amor e o amor o encontra

    independente
    dono de si mesmo
    ele se dá ao amor
    mas não aos laços amorosos

    homenageia o acaso
    adora as circunstâncias fortuitas
    e os encontros gratuitos

    do outro lado do mundo
    a Bela manipula o esquecimento

    aranha
    tece as trajetórias de seu amante
    e ata a intersecção
    onde Legba a encontrará
    como por acaso

    assim
    eles se encontram
    de vez em quando
    irregularmente
    os amantes abençoados
                     malditos por sua própria história

se a Bela fabrica o espaço
                   Legba manipula o tempo
ele dobra as semanas
e toca os dias como um acordeão

aturdida
a Bela acha que
dois dias com ele
            parecem uma semana
e os períodos em que estão separados
                    passam mais depressa
                    do que o tempo
                    em que estão juntos

amante da descontinuidade
Legba gosta da ruptura e de toda disjunção
para ele
as separações são tão belas
quanto os encontros
e o rosto doloroso dos adeuses
é mais comovente
do que o alegre
das reuniões

por seu lado
e embora lute contra seu espírito retrógrado
a Bela acha que está ligada
senão à continuidade
ao menos à conexão

ela exaspera-se com o tempo dobrado
aborrece-se com a distância
                  e os períodos de separação

para provocar a conexão por meio da descontinuidade
a Bela evoca as mil e uma noites

e começa a escrever a Legba
uma seqüência de cartas
em que cada conclusão anuncia
o começo da próxima carta

A SEGUIR...
outro fio
outro desenlace

a B.

≋ 17 de maio

L.

ei-lo, o desenlace maravilhoso:

seguindo um outro fio de sua história
Legba consagra-se à magia negra
                das coisas proibidas
                dos mistérios arcanos
                dos conhecimentos ocultos

dedicado às ciências proscritas
                alquimia, necromancia
                astrologia, cabala

ele é atraído sobretudo pela magia da sedução

enganar a realidade
                é seu desejo

enfeitiçar a verdade
                é sua paixão

fazer desaparecer o concreto
                é seu delírio

teimosa
tenaz
    a Bela gosta de desafios

ingênua
sem instrução
            a Bela imagina que poderia aperfeiçoar
            a arte da sedução
mas
como seduzir o mestre da sedução?

como invocar a levíssima subversão
do abominável
sangue-frio
de seu amante?

ela sonha com
a sublime figura da morte
que faz fugir seu amante soldado
para o esperar no fim do mundo
em Samarcanda

guiada pela intuição
a Bela sabe que a sedução brinca com as aparências
e que todas as aparências são conjuradas
ela adivinha que a sedução gosta de se revelar
para poder se esconder
compreende que a força da sedução
é a sutileza
e que o risco é mil vezes mais belo
do que a segurança

mergulhando no abismo
a Bela aposta com a sorte

e começa a escrever cartas a Legba
nas quais

conta uma história
em que os episódios não são conhecidos de antemão
e os personagens são tão verdadeiros
quanto imaginários

o coração dirige uma escrita
onde os erros ampliam o sentido
e o tom fabuloso esconde mais do que revela

um ano depois
>> *Legba continua enigmático*
>> *e*
>> *a Bela foi seduzida*
>>> *primeiro por sua própria estratégia*
>>> *segundo por Legba*
>>> *que*
>>> *desviou a sedução*
>>> *para ainda a seduzir a ela*

A SEGUIR...
>> a resposta é sua
>>>>> a B.

Enquanto esta edição era preparada, Legba morreu.
No mundo real, ele e a Bela não podem mais se comunicar.
Mas, desafiando as evidências, a Bela volta a escrever.
Sua última carta a Legba será, como as demais, de mão única.

VISLUMBRES

a Bela acorda no meio de um sonho
ainda meio inconsciente, percebe apenas os lençóis amassados e o
[quarto escuro
embarca novamente no sono
no esforço desesperado de lembrar, de recontar a si mesma o sonho
para preservá-lo do risco do esquecimento.

O dia anterior tinha sido abissal
Amigos que navegam na internet deram-lhe a notícia

LEGBA ESTÁ MORTO

Recolhendo-se na descrença, a Bela passa o dia cindida entre
[a tristeza e a raiva
"Como ele foi capaz de ir embora sem uma só palavra de despedida?"
"Por que ele não encontrou um jeito de me mandar um último sinal?"
Uma carta! Possivelmente deixada em mãos amigas, encarregadas de
[mandá-la quando ele estivesse morto
a Bela deseja desesperadamente tocar essa carta,
retraçar com seus dedos cada letra
e, assim, esculpir as palavras na memória de seu corpo

Mas nada,
nada que pudesse atingi-la com a finalidade da morte
nada que transformasse a morte de Legba em realidade

um enigma até o fim e além do fim,
Legba a teria abandonado ao tormento e à perplexidade

Então, quando chegou a noite
a Bela buscou refúgio em um sono sem peso
onde sonhou o sonho
que mais tarde ela iria resgatar do fundo do esquecimento
contando-o:

    ela está andando pela rua e pára diante da porta do prédio
                        [onde morava Legba
    Digita o código que destranca a porta, toma o elevador
    não é preciso tocar a campainha, a porta está escancarada
    como um fantasma, ela visita cada cômodo
    vê a cama toda arrumada
    as cortinas fechadas
    a poltrona vermelha, o sofá e a mesinha coberta de livros
    ao lado, a mesa onde comiam juntos
    a Bela sabe que deixou para o fim o escritório
    o lugar sagrado de Legba
    onde livros, notas e agendas cobrem as paredes de prateleiras lotadas
    ENFIM! Em cima da escrivaninha, lá está!
    um envelope com o nome dela escrito
    reconhece a letra de Legba
    Quando vai pegá-lo, acorda.

"Isso não é uma historinha romântica!"
a Bela tinha passado a vida toda refutando essas histórias piegas
baboseiras encapadas em cor-de-rosa ou malva
que permitem às mulheres acreditar que o Amor Verdadeiro
                        [tudo conquista, inclusive a morte

ela se recusa a sucumbir à esperança de
aparições de espíritos
sessões de invocação
mesmo sonhos
como pontes a nos ligar aos que se foram

então,
depois de um outro dia de horror, dedicado a fugir da mídia
que com suas narrativas dos feitos de Legba
ameaça roubar-lhe o amante
transformando-o em uma figura pública abstrata,
um homem menos real do que suas palavras publicadas,

a Bela sucumbe ao sono,
em que volta ao sonho da noite anterior

> *a rua, o código de segurança, o elevador*
> *a porta escancarada,*
> *o apartamento exatamente como estava*
> *e, finalmente, o escritório*
> *mas, dessa vez, sobre a escrivaninha*
> *a Bela achou uma caixinha, embrulhada em papel e amarrada*
> *[com barbante*
> *observadora e protagonista, ela vê seus dedos desfazerem o nó*
> *e abrirem a tampa*
> *e vê uma pilha de cartas*
> *a de cima endereçada a ela na letra de Legba*
> *suas idéias voam ao registrar que todas essas cartas têm de ser para ela*
> *todas as cartas que seu amado nunca mandou,*
> *e, provavelmente, nunca escreveu.*

De novo ela acorda
enganada e infeliz
sem ter lido uma só carta

jogando longe as cobertas
a Bela se castiga
"É tão horrivelmente óbvio
meus sonhos não são nada além da satisfação simplória de meus desejos
claro que não consigo aceitar a morte de meu amado
e com certeza não me conformo com o fato de que ele se foi
                                    [sem me dizer uma só palavra
(justo Legba, um homem que tecia palavras como se fosse um mágico)
e, assim, não contente em evocar uma última carta
vou logo sonhando com uma pilha de cartas em uma caixa!"

Mesmo assim,
e apesar de sua propensão à lógica
a Bela não pode deixar de pensar
que é possível que seus sonhos sejam mais do que pura manifestação de desejos
Afinal,
são sonhos sobre comunicação
será que não podem também ser uma forma de comunicação?
E,
como Legba sabia que era difícil para a Bela comunicar-se na língua dele
será que ele não escolheria os signos e símbolos do inconsciente
para dar forma a sua comunicação póstuma?

Na vida que levava desperta
a Bela se batia entre dois impulsos contrários e contraditórios
queria acreditar nos seus sonhos
ao mesmo tempo que neles descria

exausta, vai para a cama
ler a deixa com sono
ao se esticar para apagar a luz, ela é despertada por uma lembrança:
em uma tarde fatídica, com Legba,
tinha parado para tomar vinho em um bar
um sancerre gelado
e a voz de Legba,

"Você acha que estarei com você depois que eu morrer?"
assombrada, a Bela não sabe o que dizer,
"Se eu e você vivemos vidas paralelas que se cruzam,
Será que a vida e a morte não podem ser pensadas como
[paralelas que se tocam?"
a Bela sabe que respondeu mal
algo sobre desejar a proximidade física
as carícias, os beijos, o calor dos corpos na cama

quando finalmente o sono venceu a memória da pergunta inquietante de Legba
a Bela se viu novamente em uma versão um pouco diferente do seu
[sonho recorrente
dessa vez:

ela estava indo trabalhar
e, passando pelo hall,
chegou a seu escritório
e abriu a porta
e deu com uma sala estranhamente atulhada
Que esquisito – entre sua escrivaninha e sua estante de livros
uma outra escrivaninha
A escrivaninha de Legba!
sem nenhum pudor, foi abrindo as gavetas
e começou a remexer nas ninharias da vida de seu amado
entre canetas, papéis e agendas,
encontrou caixas de comprimidos e outros medicamentos
evidências da longa doença de Legba
uma outra gaveta escondia um vidrinho de perfume,
uma forma sutil de o sonho a fazer lembrar da esposa de Legba
Depois de explorar as gavetas, voltou a atenção para o
[tampo da escrivaninha
e para um envelope gordo, amarelado
que tinha atraído sua atenção
no momento em que tinha visto a escrivaninha
ela o deixara para o fim,

sabendo que sua incursão pelas gavetas era uma distração
uma manobra para prolongar a expectativa
de descobrir o conteúdo do envelope

dessa vez, a Bela não acordou ao pegar o envelope
ao virá-lo, uma pilha de páginas soltas caiu sobre a escrivaninha
reconheceu-as de imediato
AS CARTAS DELA
as que tinha mandado a Legba
cada uma escrita à mão
as palavras postas na página em forma de poema

Mas,
mesmo vendo as cartas
e sabendo que eram as dela,
notou que tinham sido alteradas
cada carta tinha sido cortada ao meio longitudinalmente
e depois juntada de novo

algumas tinham sido costuradas com linha colorida
enfeitadas com contas e outros adornos
outras estavam amarradas com correntes
tão grossas que ameaçavam cortar o papel
e outras coladas com tiras de papel
estas a Bela observava
mesmo enquanto sentia seu corpo despertar

havia palavras nas tiras de papel
escritas na letra impossível de Legba
entremeadas entre as linhas de suas cartas
possíveis respostas a suas cartas de mão única?

Em seu sonho
a Bela viu as palavras mas não conseguiu lê-las
e acordou
ainda vendo as palavras sem saber o que diziam

Será que os sonhos não falam de um desejo de duas línguas?
Será que a linguagem dos outros não se cruza com a nossa
na paisagem do inconsciente
que o sonho, então, manifesta?

POSFÁCIO:
DA SEDUÇÃO

Maria Elisa Cevasco

Que se faz com o encanto e a atração que continuamos sentindo por esses seres estranhos e incompreensíveis, mesmo depois de todas as conquistas feministas? Saímos da casa, da cama, conquistamos espaços públicos, publicamos livros, escrevemos teses, sustentamos filhos, e ainda dói o fato de que ele não telefona no dia seguinte, que ele não diz o amor, que esconde tudo na linguagem do corpo que nos domina, nos fascina, nos despedaça, deixando-nos sempre a tarefa renovada de juntar todos os pedacinhos e começar tudo de novo, ir atrás dele nessa ilha deserta que se chama ego masculino, onde ele se esconde de nosso desejo e de nossa carência. E muito provavelmente da dele também, só que isso sempre no negaceio.

As cartas que Susan reúne e apresenta são uma tentativa de dar sentido ao indizível da experiência fundamental do amor. Na primeira leitura, o que sobressai não é história, mas a dor enorme de dizer e, ao dizer, limitar e negar. É a tarefa necessária e impossível de tentar explicar o que se recusa a ser contido por palavras. Isso já está cifrado na junção prefácio/cartas. Ele exprime uma tentativa de racionalizar o amor que pulsa nelas – as referências a fábulas, livros, lendas, psicanálise e outros discursos para organizar o mundo falam da tentativa de conter o desejo, que, como sabemos tão bem, só faz crescer atrás dos diques que teimamos em construir. Elas se recusam a render-se às evidências das impossibilidades. A insistência em afirmar o desejo que constitui as cartas imprime força inusitada ao conjunto.

Sou amiga de Susan, e fui uma das primeiras pessoas a ler as cartas. Minha missão era olhá-las como colega na prática da crítica literária e resolver se valia a pena publicá-las. Lembro-me de ter ficado interessadíssima na história que se recontava, mas o que mais me pegava era a coragem de assumir os sentimentos que vão tomando corpo a cada carta e que explodem na contenção à beira do rompimento de cada poema/carícia que sucede o irresistível "A seguir". Pensei que parte fundamental dessa coragem comovente era a disponibilidade da missivista de perder seus referenciais: norte-americana, escreve em francês; mulher, assume o papel do caçador e as rédeas do jogo da sedução; racional, concatena um plano de aproximação amorosa calcado no sonho e no impulso; contemporânea, escolhe contar sua história na linguagem imemorial do maravilhoso; engajada, comenta o desarranjo das utopias políticas e as interpola a outras desventuras que envolvem Bela e seu amado Legba. Essa perda acumulada de referências acaba mimetizando a paixão, esse estado de levitação ao ritmo do desejo compartilhado, que apaga o costumeiro, o seguro, o conhecido.

Minha geração – a mesma de Susan – aprendeu com as feministas dos anos 1960 que o pessoal é político. E política, ainda segundo nossas predecessoras, além de ser, como querem nossos companheiros, a arte do possível, é também a prática do subjuntivo, de um "e se" que abre possibilidades utópicas de outras formas de organização da vida. Por esse viés, as cartas são um manifesto do feminino: descrevem o mundo pelos olhos do desejo e convidam leitores e leitoras a deixar-se levar por um sentimento que recusa limites. A pergunta tema pode ser resumida em "Por que não?". A essa altura já deve estar claro que eu simplesmente me apaixonei pelas cartas. Como em toda paixão, comprei o pacote inteiro: gosto do que descrevem, de como descrevem e de para que descrevem. As novas leituras, como os novos encontros com objetos e pessoas amados, levavam a mais descobertas encantadoras. Que incrível recuperar, nessa altura da partida, a figura da Bela Adormecida e que inteligente mostrar a ligação entre mito infantil e despertar adulto – nossa Bela habita o mundo do sonho, mas desperta redefinindo a sexualidade. Que sensibilidade mostrar a sinuca de bico da mulher feiticeira enfeitiçada, na corda bamba entre demonstrar um desejo que desafia uma resposta, e não se transformar em um buraco negro, na chata cuja carência exige o que só vale a pena se for oferecido. Que maravilha buscar uma linguagem ancestral – o que é mais antigo que o mito? – e nova – enfim um feminismo que libera a mulher do fardo de dissimular seu desejo! – para dizer a paixão, ela mesma como Adão e Eva, e sempre nova. E as exclamações continuariam – vi-me participando das cartas mais do que as avaliando.

Embora considere que a tal distância crítica, que é ponto de honra na minha profissão, seja um tanto quanto exagerada – quase todos acabamos estudando e tentando elucidar as obras de que gostamos ou desgostamos, muito –, meu treinamento começou a falar mais alto e resolvi submeter as cartas a um grupo e testar sua reação. Alguns "homens honorários" leram – e gostaram –, mas o grupo central acabou sendo aquele que um desses homens batizou, com propriedade e, espero, sem ironia, de Companhia de Mulheres. O que sobrava de pretensão científica me levou a tentar juntar um grupo com certa diversidade: uma filósofa, uma crítica de artes plásticas, uma advogada tornada "gerente de família", uma professora, e, já que se tratava de desejo, uma psicanalista. Ciente do passar do tempo e com uma crença renitente de que as coisas têm que mudar, e podem mudar para melhor, misturei as faixas etárias: abrangemos todas as idades dos 55 aos 25 anos. Somos todas amigas e nos reunimos para discutir o livro, jantar, tomar vinho, e falar, falar, falar – pouco adiantando que a psicanalista nos advertisse, enquanto ela também falava sem parar, que as histéricas nunca escutam. A proposta era juntar nossas impressões e chegar a um julgamento sobre o interesse de trazer a público o que desde logo começamos a chamar de nossas cartas. A seguir, como diz Susan, apresento o que foi possível organizar a partir de tanta conversa*.

A primeira rodada centrou-se no crucial: quem gostou levanta a mão! Todas. Logo, mulheres modernas, queremos embarcar no discurso

---

* As discussões aconteceram antes da morte de Legba e delas participaram: Isabel Loureiro, Maria Isabel Figueiredo, Maria José Carvalho Rodrigues, Maria Noemi de Araújo e Polyana Canhete. (N. E.)

das razões. A primeira: todas curtimos a inversão de papéis convencionais e a disposição da autora de ir à luta e assumir a posição de conquistadora. "Isso bate de frente com a herança cultural que nos subjuga sob a ameaça aterradora de sermos 'oferecidas'." Todas nós íamos concordando quando nos demos conta de que a formulação vinha de nossa caçula. Incrédulas, gritamos em conjunto: "Ainda???". Ao que ela respondeu com a sabedoria de seus 25 anos: "Homem é um trabalhão". É preciso afinar nossa iniciativa aos ritmos erráticos das relações amorosas, cobertas por séculos de elaboração cultural. Todos utilizam adjetivos como "avassaladora", "irresistível", "louca" para definir a paixão, mas no jogo dos encontros, temos que modular todo esse descontrole. O horror é que o controle exigido pela modulação acaba tingindo a paixão e ficamos todas como a Bela: vamos a Zabriskie Point, uma voz nos nomeia as cores, um olhar acende as luzes do mundo. Etapa dois: temos que fazer escolhas, passar da magia à rigidez do sim ou do não, quando tudo grita pela fusão. Muitas vezes temos de atravessar, sozinhas, o golfo que separa a percepção masculina do que é entrega e doação da voracidade feminina de se consumir absolutamente, ou, como disse uma de nós, de mergulhar de corpo e alma em uma experiência que, sabemos, tudo muda, invade cada minuto do nosso dia e, boa ou ruim, nos marca para sempre. E, mesmo assim, nenhuma de nós escolheria não vivê-la.

A escolha da Bela nos atrai: ela decide recuperar a magia travestindo a realidade em fábula – claro que, ao contar o amor, ela espera recuperá-lo, mas em seus próprios termos. A Bela é mais feiticeira que o próprio Legba, e lança-se ao mais difícil: manipular o tempo e a distância, reviver o amor passado no presente das cartas e conquistar, no laço passado/presente, o futuro. Com isso, atinge o sonho dos amantes: transformar o instantâneo no permanente. Uma de nós lembra o *Fausto*, de Goethe. "Pára, instante, és tão belo", e o sentimento correlato exprimido por Virginia Woolf quando a sra. Ramsay, em *Rumo ao farol*, pede que a vida pare naquele lugar e naquele momento.

Diante da reclamação de que estamos intelectualizando, vamos de música popular brasileira: "O melhor lugar do mundo é aqui, e agora". É esse sentimento que impulsiona as cartas: desafiar a lógica, inimiga do desejo, a realidade, barreira da plenitude, e gerar o eterno no efêmero, transformar lá em aqui. Assim, realiza o sonho do gozo perpétuo, do prazer que permanece.

Mas, lembra outra, o real está todo o tempo nas cartas: há datas, referências a acontecimentos reais, ao marido, ao filho, a viagens, à experiência horrenda do estupro, o avesso cruel do desejo. Discordamos: a estrutura das cartas inverte a hierarquia sonho/realidade. O tempo é o da mudança da natureza, primavera, verão, outono e inverno, mas o tema é o da imutabilidade dos sentimentos. São eles que dominam o tempo e pulsam nas mudanças de maio a maio. A realidade do dia a dia é apenas moldura. O real – no sentido do efetivamente existente – é a paixão. Na paixão, o risco é mais belo do que a segurança, o desejo, mais forte do que a mágoa. No momento da primeira ruptura, Legba tinha queimado todas as cartas de Bela e enviado a ela as cinzas, signo da paixão consumida. As cartas enviadas anos mais tarde são a esperança de que o fogo guardado nela, como diria Chico, o Buarque, o incendeie um pouco.

Ficamos todas pasmas que Legba jamais responda a nenhuma das cartas. Estaria assustado com a força dos sentimentos? Certamente não esqueceu a Bela, já que ela o visita durante o período abrangido pelas cartas. Mas, e ela? Por que não pergunta a ele as razões do silêncio? Nessa altura, um elemento curioso da relação dos dois, que por sinal foi primeiro notado por um de nossos homens honorários, salta à vista: nos encontros rememorados nas cartas eles jamais falam do mundo exterior. Mesmo quando viajam juntos na Europa, encontram magia interpessoal. Quando a Bela lê a obra de Legba, a questão é apreender sua subjetividade – nem sabemos sobre o que trata o livro. Será que é isso que o Chico, de novo o Buarque, quis dizer com os versos maravilhosos de "Aquela mulher"?

> [...] *As nossas noites são*
> *Feito oração na catedral*
> *Não cuidamos do mundo*
> *Um segundo sequer*
> *Que noites de alucinação*
> *Passo dentro daquela mulher*
> [...]

Mais duas coisas ainda nos intrigam. Se Legba faz parte da alucinação, por que ele não alucina? Será que ele é um monstro de indiferença, pronto a aceder aos apelos da Bela, mas nunca trocando apelo por apelo, nunca ecoando o ritmo dela? E se Legba for uma invenção, e as cartas, um esforço para materializar um homem que não existe? Aí a lembrança irresistível é a de Fernando Pessoa (gente, lembramos assustadas, mas felizes, até agora quase só citamos homens) que inicia seu poema "A outra" com o lapidar

> *Amamos sempre no que temos*
> *O que não temos quando amamos* [...]

E finaliza:

> [...] *Ah, por ora, idos remo e rumo,*
> *Dá-me as mãos, a boca, o teu ser.*
> *Façamos dessa hora um resumo*
> *Do que não poderemos ter.*

Ecoa aí o mesmo sentido da impossibilidade de realização que as cartas querem neutralizar. Em compasso de desânimo, já prontas a desistir e comprar as cartas pelo lado da invenção do fabuloso, concluímos apressadas: no fim, a união por que anseia a Bela não existe. As cartas são ilusórias, fomentam os anseios pelo impossível e abrem os caminhos da frustração. Por esse lado, acabam juntando-se à longa lista das elaborações culturais feitas para abafar ousadias, para impor limites e exercer pressões, dizer isso não pode, não dá, não, não, não...

Mas nossa reação emocionada conta outra história. Como outras obras de alta densidade, as cartas correm em pista dupla. A história narrada tem que ser real. O mero fato de que possa ser reorganizada em palavras atesta sua existência – alguém lembra as letras dos boleros, quem nunca curtiu que nos desculpe, que parecem cantar a impossibilidade de sentimentos. No entanto, se nunca ninguém viveu isso, como conseguiram escrevê-los? As cartas são ensaios de possibilidades, abrem tantos caminhos quanto o deus das encruzilhadas a quem são dirigidas.

Convencidas da realidade do fabuloso, nos inquietamos com que tipo de intervenção as cartas fazem na nossa prática de mulheres seguras da necessidade do amor. Traduzindo livremente para a linguagem da militância feminina, a questão seria: como esse conjunto de cartas e prefácio questiona uma cultura que trata mal o feminino, e nos ensina a remar contra essa corrente que nos afoga a espontaneidade, como nos ajuda a encontrar um *ut-topus*, um outro lugar, onde estejamos mais próximas do reino da felicidade?

Uma de nós, com mais imaginação histórica, lembra que nos anos 1960, sempre eles, o tempo mítico das nossas revoluções, as feministas norte-americanas ensaiaram a resistência contra um patriarcado opressor mediante a retomada do controle do fundamental, seus próprios corpos. Um dos coletivos de mulheres mais produtivos foi o de Boston, que publicou o livro *Our Bodies, Ourselves*, no qual pretendiam contestar a definição masculina do corpo da mulher, em especial por parte dos médicos. Uma das citações mais reveladoras é a de um defensor da remoção do útero como forma de controle da natalidade: afinal, esse órgão serve apenas para provocar câncer, diz o horrível doutor. Esse livro foi bibliografia fundamental nos grupos de conscientização feminina que proliferaram nos Estados Unidos até meados dos anos 1970. A idéia era retomar o controle da vida por meio do controle dos nossos corpos.

Dentro dessa tradição, *Cartas a Legba* ocupa outro lugar, adiante. A conscientização agora é de outra conquista, a de ensinar o homem a compartilhar a paixão que se inscreve nesse corpo que aprendemos a duras penas a habitar. É nesse sentido que o livro se conclui passando a palavra ao homem: uma vez que assumimos a voz exigente do desejo, o desafio que nos resta é viver juntos essa aventura amedrontadora. Pode ser que este manifesto pós-feminista nos ajude a viver com mais ousadia. Mesmo que não dê certo, terá valido a pena tentar. Como nós, da Companhia de Mulheres, sabemos, viver sempre é um risco. Talvez o risco maior seja de que Legba responda à altura. Mas, ecoando outro poeta, se não o vivermos, como sabê-lo?

Este livro foi composto em Adobe Garamond
corpo 11/14 e Warnock Pro Light Italic corpo 10/14,
e impresso em papel pólen soft 80g/m^2
na gráfica Assahi para a Boitempo Editorial,
em março de 2008, com tiragem de 1.500 exemplares.